Do Eliana le grá. Mamaí

Tá sé ar an tolg

Il est sur le canapé

He is on the sofa

Está en el sofá

Cá bhfuil Riley?

Où est Riley? . Where is Riley? . ¿Dónde está Riley?

Scríofa agus Maisithe ag Ciara Ní Dhuinn

Faoin tolg atá sé

Il est sous le canapé

He is under the sofa

Está debajo del sofá

Tá sé sa bhosca

Il est dans la boîte   He is in the box   Él está en la caja

Tá sé ar chúl an bhosca

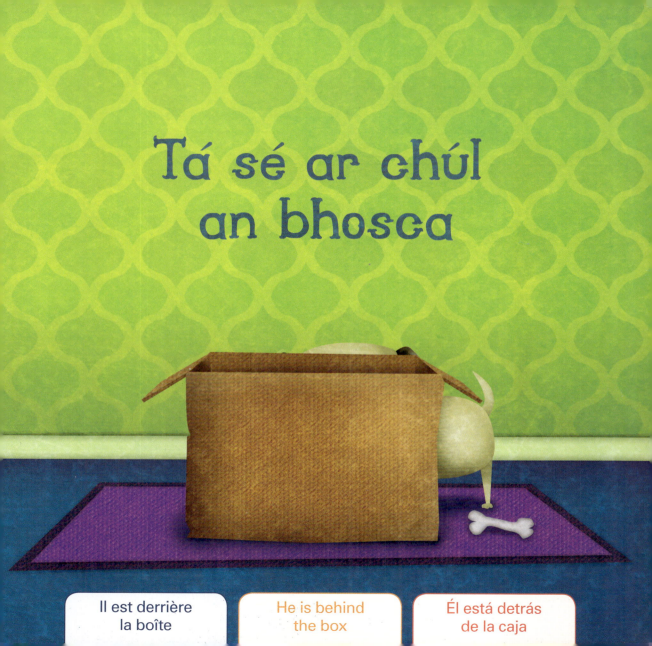

Il est derrière la boîte

He is behind the box

Él está detrás de la caja

Il est devant la boîte

He is in front of the box

El está en frente de la caja

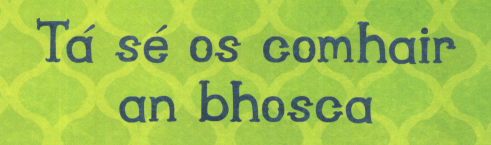

Tá sé os comhair an bhosca

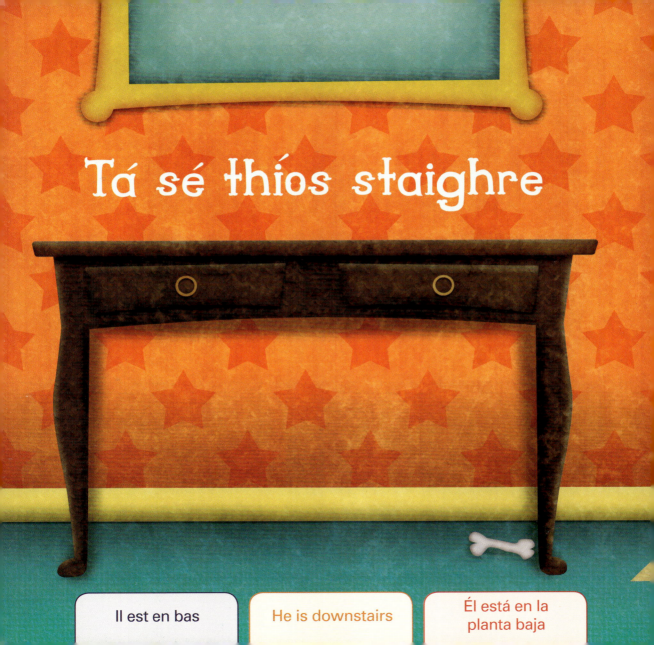

Tá sé thíos staighre

Il est en bas

He is downstairs

Él está en la planta baja

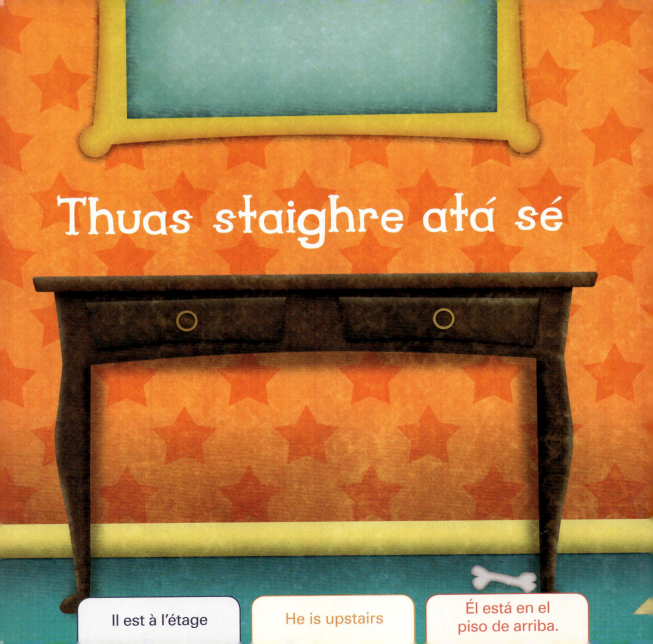

Thuas staighre atá sé

Il est à l'étage

He is upstairs

Él está en el piso de arriba.

Tá sé istigh
sa teach

Il est dans la maison

He is in the house

Está en la casa

Tá sé amuigh sa ghairdín

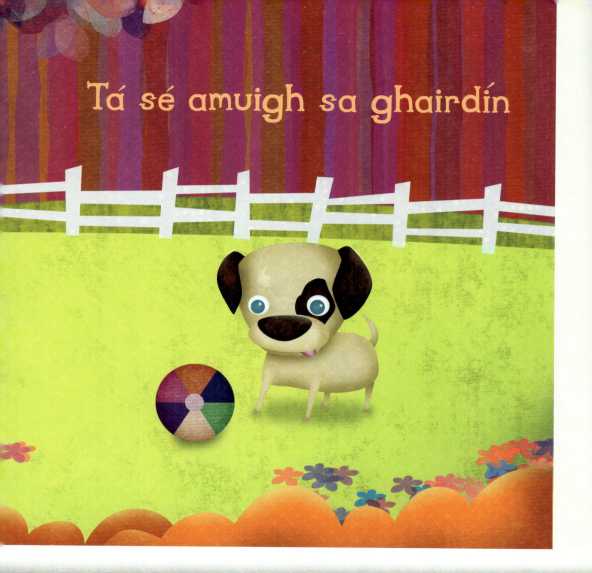

Il est à l'extérieur dans le jardin

He is outside in the garden

Está en el jardín

Tá sé i bhfad ón gcrann

Il est loin de l'arbre

He is far from the tree

Está lejos del árbol

Tá sé in aice leis an gcrann

Il est près de l'arbre   He is close to the tree   Está cerca del árbol

Tá sé i bhfolach

Il se cache

He is hiding

Él se esconde

Foilsithe ag Cló Mhaigh Eo,
Clár Chlainne Mhuiris,
Co. Mhaigh Eo,
Éire.
www.leabhar.com
094-9371744 / 086-8859407
ISBN: 978-1-899922-94-9

Dearadh: raydes@iol.ie
Clóbhuailte in Éirinn ag Clódóirí CL.
Aithníonn Cló Mhaigh Eo tacaíocht Fhoras na Gaeilge i bhfoilsiú an leabhair seo.

Foras na Gaeilge